Plumeneige

Conception graphique de la couverture: Martin Dufour

Illustrations couverture et intérieur: Cécile Gagnon

Dépôts légaux: 4e trimestre 1976
Bibliothèque nationale du Québec
Bibliothèque nationale du Canada

ISBN: 0-7773-4405-X   Imprimé au Canada

LES ÉDITIONS HÉRITAGE INC.
300, rue Arran, Saint-Lambert, Qué.
(514) 672-6710

Plumeneige

Texte et illustrations:
CÉCILE GAGNON

ÉDITIONS HÉRITAGE
MONTRÉAL

PLUMENEIGE

Ce village, là-bas, c'est Plumetis.

À Plumetis habite une petite fille. Elle s'appelle Stéfanie.

Ce matin, dans son jardin, Stéfanie roule la neige en boule. La boule a grossi en roulant. La boule est devenue si grosse que Stéfanie ne peut plus la bouger.

Puis, Stéfanie roule une autre boule plus petite qu'elle pose sur la plus grosse, non sans peine.

— Ouf! C'est lourd!

Enfin, Stéfanie roule une plus petite

boule: celle-là est ajustée sur les deux autres.

Stéfanie examine son travail. Elle sourit à toutes les bonnes idées qui lui passent par la tête. Puis, elle court à la maison chercher ce qu'il lui faut pour habiller son bonhomme de neige.

Stéfanie revient avec un vieux chapeau, une écharpe verte. Elle pose le chapeau sur la tête du bonhomme, enroule l'écharpe autour de ses épaules. Elle gratte sous la neige pour trouver trois cailloux pour faire des yeux et un nez.

"Pour la bouche, qu'est-ce que je vais prendre?" se demande Stéfanie. Elle court encore à la maison et revient avec une ficelle rouge et une plume. Avec la ficelle, Stéfanie dessine une bouche qui sourit. Elle pique la plume sur le vieux chapeau.

— Bonjour Plumeneige, dit Stéfanie à son bonhomme.

— Fais-moi des bras, dit Plumeneige.

Stéfanie s'étonne, puis se dit: pourquoi pas?

Elle tape la neige avec ses mitaines et fait deux bras à Plumeneige.

— Fais-moi des mains, dit Plumeneige.

Stéfanie, avec des boules de neige, fait des mains au bout des bras de Plumeneige. Des mains avec cinq doigts bien ronds.

— Maintenant fais-moi des jambes, Stéfanie, demande Plumeneige.

Stéfanie tape encore la neige et fait des jambes à Plumeneige.

— Fais-moi aussi des pieds, dit Plumeneige.

Stéfanie fait des pieds à Plumeneige.

— Veux-tu des chaussures aussi? demande-t-elle.

— Mais oui, dit Plumeneige, des chaussures pour marcher.

— C'est bien, comme ça je ne fais pas les orteils, dit Stéfanie en riant.

— Veux-tu me donner un bâton, Stéfanie? dit Plumeneige.

Stéfanie ramasse au fond du jardin une vieille branche cassée par le vent.

— Merci, dit Plumeneige, et il s'en va, son bâton à la main.

Stéfanie est toute triste. Pourquoi s'est-il sauvé?

— Plumeneige, reviens, appelle-t-elle.

Mais Plumeneige s'éloigne sans se retourner.

Stéfanie rentre à la maison la tête basse.

Le lendemain, Stéfanie retourne au jardin.

"Si je faisais un ami pour Plumeneige, il reviendrait peut-être."

Et elle se met tout de suite au travail. Avec la neige qu'elle roule en boule, cette fois, elle fait un chien. Il a une petite queue et de grandes oreilles en neige.

Tout à coup, le chien fait oua-oua et il s'en va lui aussi.

Stéfanie est désolée.

— Reste, reste, appelle-t-elle. Je ne t'ai même pas encore donné de nom.

Mais le chien en neige court, court dans le chemin qui va vers la forêt.

Le lendemain, Stéfanie retourne jouer dans la neige.

"Il faut que je fasse quelque chose sans pattes qui ne pourra pas se sauver", se dit-elle.

Le neige a durci. La neige ne se roule plus en boule.

Avec sa pelle, Stéfanie fait des blocs de neige. Elle construit . . . une maison en neige.

Mais construire une maison, c'est long.

Pendant des jours et des jours, Stéfanie travaille à sa maison. Elle construit les murs, le toit, la cheminée, une porte qui s'ouvre.

Puis elle met dedans un lit, un banc, une table, en neige.

Un matin, Stéfanie trouve la porte de sa maison de neige fermée.

Elle regarde par la fenêtre.

Sur la table en neige, il y a un chapeau avec une plume. Sur le banc en neige, il y a une écharpe verte.

Près du lit, il y a un gros bâton.

Et dans le lit, il y a Plumeneige qui dort.

Voilà ce qui lui manquait! Une maison.

Plumeneige est resté tout l'hiver dans la maison en neige. Il était très heureux.

Mais le chien, on ne l'a plus jamais revu.

CROQUENOIX ET MANCHON

Cet hiver, Croquenoix reste tout seul à Plumebois.

— Je suis assez grand pour me débrouiller tout seul, a-t-il dit à ses parents. Allez passer l'hiver avec nos cousins de Grande-Forêt, moi je reste ici avec mon ami Manchon.

Manchon est un charmant lièvre qui habite là-bas près du gros bouleau.

C'est vrai que Croquenoix sait bien se débrouiller. Il s'est fait un bon nid de feuilles mortes dans le chêne. Il a appris à faire des provisions pour l'hiver. Toutes ses graines, ses faînes, ses glands sont enfouis dans des cachettes.

Aussi, en attendant que vienne la neige, il peut bien s'amuser à faire rouler les feuilles mortes. Mais il fait froid. Croquenoix rentre bien au chaud chez lui.

Le matin, en s'éveillant, Croquenoix sent quelque chose . . . Quoi? Quelque chose de doux et qui rend les bruits sourds et distants.

— Coucou, coucou, c'est la neige, fait le coucou.

La neige!

Vite Croquenoix sort. Il voit qu'en bas tout est blanc. Il court chercher son ami Manchon.

— Manchon! Viens jouer dans la neige avec moi.

Manchon dort encore. Il sort de son gîte, les oreilles encore toutes fripées.

18

— Oh! que c'est blanc, fait-il en voyant la neige.

Tous les deux, ils se mettent à faire des galipettes, des cabrioles dans la neige.

Ils s'amusent tant à sauter dans les tas de neige, à glisser, à faire tomber la neige des branches qu'ils oublient de manger. Et puis:

— J'ai faim, dit tout à coup Croquenoix.

— Moi aussi, dit Manchon.

— Je cours chercher mes faînes, dit Croquenoix. Manchon le suit.

— Dans cet arbre creux, dit Croquenoix à son ami, j'ai caché de délicieuses faînes.

Mais dans l'arbre creux, Croquenoix ne trouve rien.

— C'est dans l'autre arbre, dit-il.

Mais dans l'autre arbre creux, il n'y a rien.

— Bah! tant pis, je les trouverai une autre fois, dit-il. J'ai d'autres cachettes.

Sous la terre, près du rocher sont enterrées les noisettes.

Croquenoix s'en va au gros rocher. Mais la terre est toute gelée. Creuser est impossible. Manchon essaie aussi avec ses pattes, mais la terre est trop dure.

Croquenoix commence à s'impatienter.

Il cherche, il cherche dans tout le bois. Ses cachettes sont . . . introuvables.

À la fin du jour, assez dépité, Croquenoix dit à Manchon:

— Je monte chez moi au moins chercher mes graines.

Et Croquenoix file dans le bois jusqu'à son nid dans le chêne.

Le nid! où est-il?

La neige est tombée lourde, lourde,
dans le nid. Le nid est tout disloqué et
les graines se sont envolées au vent.

Pauvre Croquenoix! Il inspecte les
dégâts avec Manchon et se met à pleurer.

— Je n'ai plus rien, plus de provisions, plus de maison, sanglote-t-il.

— Ne pleure pas, lui dit son ami
Manchon, viens chez moi, nous trou-
verons de quoi manger.

— Que vais-je devenir sans maison
tout l'hiver? demande Croquenoix. Il
fait si froid.

Arrivé chez Manchon, Croquenoix est accueilli avec joie.

Manchon raconte à sa famille les malheurs de son ami. Papa et Maman Lièvre invitent Croquenoix à passer l'hiver dans leur gîte.

— Nous te ferons un bon lit et en échange, tu feras des courses.

Croquenoix est ravi de l'arrangement. Les sept frères et soeurs de Manchon sont contents aussi d'avoir un pensionnaire pour l'hiver.

Croquenoix visite la maison, le garde-manger. Il est plein à craquer.

Croquenoix passe donc l'hiver chez Manchon. Que de courses, que de glissades, que de jeux avec Manchon et ses frères et soeurs!

Il rend beaucoup de services aussi, comme grimper haut dans un arbre et avertir si le renard s'en vient.

Et même, un jour, avec Manchon, il a retrouvé les faînes enfouies dans l'arbre creux.

Le temps passe. L'hiver est dur. Mais Croquenoix est à l'abri et il a un ami.

Un jour, Croquenoix rentre au gîte avec des aiguilles de pin sous le bras. Pendant des jours, il reste à la maison avec Maman Lièvre. Personne n'a la permission d'entrer dans la chambre.

Qu'est-ce qu'il se passe?

Maman Lièvre apprend à Croquenoix à tricoter.

Sais-tu ce que Croquenoix a offert à Manchon pour son petit Noël?

Un beau bonnet bien chaud pour y fourrer ses oreilles. Tricoté par lui tout seul.

Et sais-tu ce que Maman Lièvre a fait pour Croquenoix en cachette?

Elle a cousu un grand sac solide et lui a dit:

— Croquenoix, voici pour cacher tes provisions l'automne prochain.

Croquenoix est ravi.

— Que je suis content. Merci Maman Lièvre, dit-il en l'embrassant bien fort.

Croquenoix a tout oublié ses malheurs.

Mais à force d'habiter un gîte et de

faire une vie de lièvre, il se demande parfois s'il n'est pas en train de devenir un lièvre.

Mais non! Sa belle queue est toujours là et aussi cette folle envie de grimper aux arbres.

À la fin de l'hiver, Croquetout et Croquenoisette sont revenus à Plumebois avec leur famille.

Croquenoix était fou de bonheur de revoir ses parents et ses frères et soeurs.

Il a repris sa vie d'écureuil comme avant.

Manchon demeure son excellent ami, encore plus qu'avant. Car maintenant, il sait qu'être un lièvre, ce n'est ni pire, ni mieux qu'être un écureuil, c'est tout simplement différent.

Pour remercier les lièvres de l'avoir accueilli tout l'hiver, savez-vous ce que fait Croquenoix?

Tout le printemps et tout l'été, il donne gratuitement à toute la famille Lièvre des cours d'alpinisme!

Ne sois donc pas trop surpris si tu rencontres un jour à Plumebois des lièvres qui grimpent aux arbres et un écureuil qui tricote.

LA COLÈRE DE VENT VIEUX

Tout en haut de la plus vieille montagne habite Vent Vieux. C'est un très vieux vent qui ne souffle presque plus, à peine une petite bourrasque les soirs d'automne.

Mais il y a très longtemps, alors qu'il était jeune encore, Vent Vieux était le vent le plus puissant de la région.

Les grands-mères et les grands-pères se souviennent encore de l'hiver où Vent Vieux avait soufflé si fort que le clocher de l'église s'était cassé en deux.

Grand-mère a promis de raconter l'histoire ce soir.

"Ce que je vais vous raconter a eu

lieu il y a longtemps, dit grand-mère à nous les petits assis en rond par terre.

Vent Vieux avait un fils qui s'appelait Vent Neuf.

Vent Neuf n'était encore qu'un tout petit vent qui sortait peu le jour et en tout cas, jamais la nuit.

Puis, Vent Neuf grandit. Il devint plus fort et plus sage et Vent Vieux commença à lui confier des tâches.

Parfois, Vent Neuf partait tout seul dans les bois ou dans les champs. Il s'exerçait à souffler, à siffler, à pouffer.

Vent Neuf apprit à se faire tantôt doux, doux, tantôt vif et tenace. Tantôt, il soufflait une brise légère sur les lacs ou se balançait dans les feuilles, tantôt, il dévalait en hurlant le flanc des montagnes ou tourbillonnait pour chasser les nuages noirs.

Parfois même, il sortait la nuit agacer les girouettes et arracher quelques feuilles d'automne.

Mais ce qu'il aimait plus que tout c'était la neige.

Dès qu'elle apparaissait, il se précipitait pour la faire danser, voler, s'entasser sur les chemins pour le plus grand plaisir des enfants.

Un jour, Vent Vieux envoya Vent Neuf au village:

— Va à Plumetis et attends la neige. Elle s'en vient.

Vent Neuf, ravi, partit aussitôt.

En attendant la neige, Vent Neuf s'amusait dans les ruelles avec les enfants. Il remarqua une petite fille dans une fenêtre. Elle tenait dans sa main un vire-vent et le faisait tournoyer en soufflant dessus.

Le vire-vent faisait trois petits tours et puis s'arrêtait.

"Hum! " pensa Vent Neuf, "je saurais le faire tourner ce vire-vent."

Juste à ce moment, la neige arriva en gros flocons qui inondèrent le ciel. Quelle joie!

Vent Neuf se mit à souffler, souffler. La neige dansait, volait, s'éparpillait partout. Les enfants criaient, couraient et Vent Neuf oublia la petite fille à la fenêtre.

Vent Neuf s'amusa tant tout le jour que bientôt la nuit fut là sans qu'il s'en rendît compte.

Vent Neuf avait oublié de rentrer.

"Où aller passer la nuit? " se demandait-il.

Tout à coup, il entendit une voix qui chantait:

> Vent doux
> Vent fou
> Viens-tu?
> Viens donc.

>> J'ai tout
>> Pour toi
>> Un lit,
>> Un toit.

> Vent neuf
> Vent vif
> Viens-t'en
> Viens vite.

Il fit le tour du village endormi. Il

retrouva la fenêtre de la petite fille au vire-vent. C'était elle qui chantait.

Elle ouvrit la fenêtre.

— Viens! dit-elle.

Vent Neuf entra vite dans la maison.

Pendant ce temps, Vent Vieux, ne voyant pas rentrer son fils, l'appela:

— Hou-ou-ou-ou.

— Hou-ou-ou-ouououououououou.

Mais la fenêtre était refermée et Vent Neuf n'entendait pas.

Élise, c'était le nom de la petite fille, fit un bon lit à Vent Neuf qui s'endormit aussitôt.

Tôt le matin, en s'éveillant, il regarda autour de lui.

La maison d'Élise était toute petite.

On y voyait deux lits, une table, deux chaises et partout des vire-vents.

Des vire-vents de toutes les formes, de toutes les couleurs.

Debout dans un coin, déjà fort occupé, il y avait Monsieur Volauvent, le papa d'Élise.

Monsieur Volauvent qui, par beau temps, construisait pignons et clochers, en hiver, fabriquait des vire-vents.

Justement, il achevait de mettre au point un vire-vent extraordinaire. Un vire-vent rouge, violet, orangé, avec des ailes qui pouvaient tourner dans deux sens à la fois.

Vent Neuf était émerveillé.

Il se mit à souffler dans tous les coins

de la maison et les vire-vents se mirent à tourner.

Élise battait des mains.

Monsieur Volauvent quitta ses outils un instant et dit à Vent Neuf:

— Veux-tu m'aider? J'aurais besoin que tu souffles ici . . .

Et Vent Neuf souffla. Tout le jour, Monsieur Volauvent ajusta les ailes, tendit les fils, fixa des baguettes sur le nouveau vire-vent. Vent Neuf se tenait à sa disposition et soufflait quand il le fallait.

Vent Vieux, tout ce temps, cherchait son fils.

Il commençait à s'impatienter.

— Hou-ou-ou-ououou! appelait-il sans cesse, sans obtenir de réponse. Vent

Neuf était si occupé avec le vire-vent qu'il ne pensait plus qu'à souffler pour Monsieur Volauvent.

Vent Vieux dut se résoudre à souffler la neige sur les chemins à la place de Vent Neuf. Sa colère montait.

À la fin du jour, Vent Vieux se fâcha tout à fait.

"Quelqu'un a volé Vent Neuf! " pensa-t-il.

Et il se mit à souffler avec rage pour que celui qui l'avait caché le relâche.

Hou-ou-ou-ou. Chuiiiii. Pffuuuuu. Ce fut terrible.

Tout se mit à trembler, à se courber, à casser.

Tout. Les arbres, les toits, les cheminées.

À Plumetis, tout le monde se barricada dans les maisons.

On entendit le fracas de volets qui s'arrachaient, de branches qui se cassaient.

Hou-ou-ou-ou. Pfffuuuuiiii, faisait Vent Vieux furieux.

Chez Monsieur Volauvent, on était si occupé, que personne n'entendait le vent se déchaîner dehors.

Monsieur Volauvent venait de terminer son merveilleux vire-vent.

Il le planta en plein milieu de la maison. Vent Neuf le fit tourner vite, vite.

Tout à coup, le toit de la maisonnette frémit.

Vent Neuf entendit le Hou-ou-ouou furieux de son père. Il s'arrêta net.

— Vite, je dois rentrer, dit-il, c'est mon père qui m'appelle.

Monsieur Volauvent ouvrit à regret sa porte pour laisser sortir Vent Neuf. Mais il était trop tard. Le clocher de l'église dégringolait déjà avec grand fracas.

— Papa, cria Vent Neuf qui reconnaissait son père. Arrête-toi!

Vent Vieux hurla sans s'arrêter de souffler:

— Où étais-tu?

— Chez Monsieur Volauvent.

— Ah! c'était donc lui qui t'avait volé, s'écria-t-il en se précipitant vers sa maison pour la démolir.

— Non, non! criait Vent Neuf, mais sa voix se perdait dans les remous du vent furieux.

Vent Vieux ouvrit la fenêtre d'un coup brusque et s'engouffra dans la maisonnette de Monsieur Volauvent. Vent Neuf qui le suivait, réussit à le calmer.

Malgré sa colère, Vent Vieux aussi s'émerveilla devant les vire-vents de Monsieur Volauvent.

Il comprit pourquoi Vent Neuf était resté longtemps. Aussi, il cessa de souffler et se fit doux, doux.

Monsieur Volauvent lui fit voir ses inventions, lui expliqua les mécanismes de ses vire-vents.

Au village, le vent était tombé. Les habitants consternés examinaient tristement le clocher cassé.

Vent Vieux et Vent Neuf arrivèrent bientôt sur la place en compagnie d'Élise et de Monsieur Volauvent.

Devant les habitants rassemblés, Vent Vieux demanda pardon pour sa violence.

Les habitants l'écoutèrent en silence.

— Et mon toit déchiré, qui va le réparer? dit l'un.

— Et mon volet arraché? dit l'autre.

— Et mon chêne ébranché?

Vent Vieux promit de ne plus recommencer.

Monsieur Volauvent courut chercher ses outils. Il répara le toit, le volet arraché, remit en place la branche cassée et l'attacha solidement avec du fil de fer.

Puis, il rafistola le clocher. Et ce fut Vent Vieux et Vent Neuf ensemble qui, doucement, le posèrent sur le toit de l'église.

Le coq au bout du clocher s'était brisé en mille morceaux pendant la tourmente. Pour le remplacer, Monsieur Volauvent fixa au clocher son merveilleux vire-vent.

Depuis ce jour, Vent Vieux ne s'est plus jamais mis en colère.

À chaque début d'hiver à Plumetis, en souvenir de ce jour, on fait une Fête du Vent.

Tous les enfants sortent leurs vire-vents. Et au bout du clocher, le merveilleux vire-vent tourne tout le jour.

Vent Neuf ne manque jamais ce rendez-vous."

LA HALTE DU PÈRE NOËL

Chapitre 1 : l'attente

Il fait nuit à Plumebois.
Tous les animaux sont éveillés.
Qui a envie de dormir la nuit
de Noël?

Surtout à Plumebois où tous les habitants savent très bien qu'après minuit le Père Noël s'arrêtera chez eux.

Comment? Tu ne le sais pas? Bien sûr que non, j'oubliais. Puisque c'est un secret. Seuls les habitants de Plumebois le savent. Au village, à Plumetis, personne ne le sait.

Tous les ans, après sa tournée, le Père Noël vient se reposer à Plumebois.

Cette nuit, le ciel est clair et tout semé d'étoiles. La neige est fraîchement tombée de ce matin.

Dans le chêne, on fait des paris.

— Je parie 6 noisettes que je le verrai le premier, dit l'écureuil roux.

— Et moi, je parie deux vers que je l'entendrai le premier, dit la mésange.

— Urk, merci pour tes vers, reprend l'écureuil dégoûté.

— Ne faites pas tant de bruit, espèces de bavards, leur dit la chouette.

"Que c'est long attendre! " pensent les lièvres.

Les lièvres pourtant ne savent pas très bien ce qu'ils attendent. L'an dernier, à même date, ils n'étaient même pas nés.

— Soyez patients, leur dit leur maman.

Les perdrix sautillent, courent, s'agitent.

Que c'est long, que c'est long!

Pendant ce temps, à l'orée du bois, le cerf fait le guet.

Le coucou, perché sur la tête du cerf, transmet les messages aux autres.

— Ne vois-tu donc rien encore? demande le coucou.

— Non. Et toi, n'entends-tu rien encore? demande le cerf.

— Rien, répond le coucou.

Autour du chêne, les écureuils entassent des branches de sapin.

Le raton laveur court au ruisseau. Il casse la glace. Il remplit d'eau un cornet en écorce qu'a fabriqué le renard.

Les lièvres n'en peuvent plus d'attendre. Ils sont si fatigués d'avoir gambadé dans la neige tout le jour.

— Si nous faisions une petite sieste, en attendant, propose le plus grand.

— La bonne idée, décident les trois frères.

Et chacun se fait un petit trou sous la neige et s'endort.

Les écureuils n'arrêtent pas d'aller et venir dans les branches. L'écureuil roux a sûrement oublié son pari. Le voici, le nez dans la neige qui gratte le sol pour retrouver ses noisettes.

À ce moment, la mésange arrive à tire-d'aile.

— J'entends la clochette, j'entends la clochette, crie-t-elle haletante.

Le coucou, distrait, n'a rien vu.

La mésange, elle, a gagné son pari.

Le coucou s'envole très haut au-dessus des arbres. Il redescend bien vite:

— Oui! c'est lui, dit-il au cerf. Je l'ai vu.

Le coucou part vite avertir les animaux. Mais tout le monde sait déjà la nouvelle. Et tous les habitants attendent le coeur battant.

C'est le Père Noël!

Le cerf, à l'orée du bois, ne voit toujours rien. Il tremble un peu, tout seul dans le noir. Il entend le bruit doux de quelque chose qui glisse sur la neige, et le faible tintement d'une clochette.

Chapitre 2: l'arrivée du Père Noël

Le son de la clochette se rapproche.
Mais on ne voit toujours rien
   dans le noir.
Le coeur du cerf bat très fort.

Tout à coup, voici qu'il voit avancer vers lui dans la nuit un drôle de cerf. Un cerf plus grand que lui, avec un panache étonnant dont il n'a jamais vu le pareil.

Le cerf en reste bouche bée.

— Qui est-ce?

Lui qui devait accueillir le Père Noël, il est si surpris qu'il ne peut dire un mot.

Heureusement que le coucou revient vite avec les écureuils et les perdrix.

Le coucou, voyant la mine étonnée du cerf vient lui dire à l'oreille :

— C'est le caribou du Père Noël.

— Ah! le caribou . . . et le cerf ouvre grands ses yeux.

Derrière le caribou vient le traîneau blanc.

Dedans, le Père Noël est endormi. Il n'a pas besoin de tenir les rênes. Le caribou sait le chemin par coeur.

Le gros sac dans le traîneau est tout aplati. Tous les cadeaux sont distribués, à Plumetis comme ailleurs.

Arrivé près du chêne, le traîneau s'arrête.

Et le Père Noël s'éveille.

— Bonsoir, dit-il à tous, de sa bonne voix.

— Bonsoir, Père Noël, disent ensemble tous les animaux éblouis.

— Vite, vite les lièvres, réveillez-vous. Le Père Noël est là, crie la chouette.

Le Père Noël descend du traîneau. Il retire ses bottes brillantes, sa tuque et ses mitaines.

— Comme vous êtes gentils de m'avoir fait un bon lit, dit-il.

Les perdrix apportent un oreiller de mousse et de plumes qu'elles ont confectionné en secret.

— Je vais bien me reposer, dit le Père Noël. Mais avant, dit-il, je vais fumer une bonne pipée.

Ce disant, le Père Noël sort de sa poche un petit bâton blanc et une jolie pipe brune qu'il met dans sa bouche.

Les petits lièvres qui sont toujours en retard arrivent en se frottant les yeux.

— C'est lui le Père Noël? demandent-ils.

— Chut, chut, disent les écureuils.

Le Père Noël frotte le petit bâton sur le patin du traîneau et une flamme jaillit. Il allume sa pipe: une fine fumée bleue monte dans le ciel au-dessus de Plumebois.

Mm- Mm- comme ça sent bon!

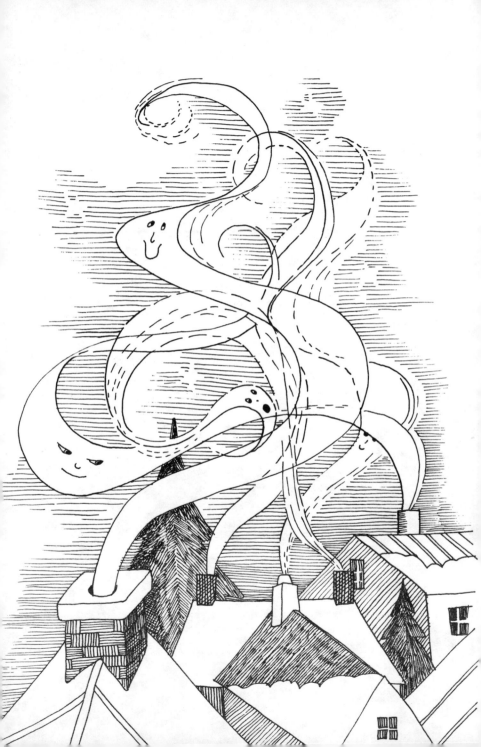

Chapitre 3: le cadeau

— Ah! qu'il fait bon à Plumebois, dit le Père Noël.

Raton laveur lui porte son cornet plein d'eau fraîche.

Le Père Noël le boit tout d'un trait.

— Merci, dit le Père Noël.

Tout en fumant sa pipe, Père Noël parle à chacun, fait la connaissance des nouveaux et raconte, comme à chaque Noël, son voyage.

— Maintenant, voici mon cadeau à vous, habitants de Plumebois, dit le Père Noël.

Les animaux se rapprochent et écarquillent leurs yeux.

Ils voient Père Noël sortir de sa

poche une ficelle garnie de boules co-
lorées. Le Père Noël prend la ficelle et
s'en va jusqu'au sapin vert. Là, il attache
un des bouts à une branche et garnit tout
le sapin.

Les animaux se regardent étonnés.

— Qu'est-ce que c'est? demandent-ils
tous à la fois.

— C'est un calendrier, explique le
Père Noël. Un calendrier à manger.

Un calendrier ... qu'on mange?
Lièvres, écureuils, oiseaux, raton laveur,
renard, ne comprennent rien du tout.

— Ces boules sur la ficelle sont des
fruits secs et des noisettes. Vous les
aimez bien n'est-ce pas? dit le Père Noël.

— Oui, oui, répondent ensemble les
habitants de Plumebois.

— Eh bien! À partir de demain, allez au sapin et mangez un fruit de la guirlande. Mais n'en mangez qu'un seul par jour. Puis, quand il n'en restera plus, cela voudra dire que je reviendrai cette nuit-là chez vous, à Plumebois.

Les animaux de Plumebois sont en admiration devant le sapin-calendrier. Nous avons un calendrier, nous avons un calendrier! se mettent-ils à chanter. Et pensez donc s'il est heureux ce sapin. C'est le Père Noël lui-même qui l'a décoré!

— Combien y a-t-il de fruits? demande le renard.

— Je vais les compter, propose un écureuil. Mais il y en a trop.

Le Père Noël, amusé, leur dit:

— Il y en a 364.

— Ah! font ensemble les animaux émerveillés.

— Maintenant, je vais me reposer un peu, dit le Père Noël en se couchant sur le lit de branches.

— Mais veillez bien pendant que je dors: gardez bien votre secret. Il faut que personne ne me voie, sinon je ne pourrai plus faire halte à Plumebois, dit-il.

Aussitôt lièvres, écureuils, mésanges, coucous, etc. se postent aux quatre coins de Plumebois comme des sentinelles.

Chapitre 4: les cheminées de Plumetis

Autour de Plumebois, on ne voit que les prés qui dorment sous la neige. Il y a aussi quelques chemins creux qui traversent les prés ou longent les champs, puis qui mènent au village de Plumetis.

À Plumetis, les maisons sont serrées les unes contre les autres, comme pour se tenir bien au chaud ensemble.

Cette nuit, après toutes les festivités de Noël, le village s'est endormi.

Il reste bien une lumière ici et là mais tout dort.

C'est justement ce moment qu'attendent les cheminées.

Toutes les nuits d'hiver, quand tout est endormi, les cheminées se parlent. Alors, elles lancent leurs longs rubans dans le ciel. Elles font des courses, des guirlandes et s'amusent à courir entre les étoiles.

Jamais elles ne font de telles choses le jour!

Cette nuit, elles ont attendu long-temps, longtemps que tout soit endormi.

— Enfin! se disent-elles quand tout s'est tu à Plumetis.

Chacune, en déroulant ses rubans de fumée raconte le Noël de sa maison.

— On a grillé des guimauves chez moi.

— Chez moi, les enfants ont trouvé un petit chat dans leurs chaussons!

— Chez nous, les enfants ont reçu une grande traîne-sauvage du Père Noël.

— Chez moi, le papa est malade. Les enfants lui ont chanté de jolies chansons, tout doucement, pour l'égayer.

Les cheminées se connaissent toutes. Elles sont à Plumetis depuis très longtemps, et tous les soirs d'automne et d'hiver elles bavardent entre elles.

Mais ce soir de Noël une surprise les attend.

Là-bas, au-dessus de Plumebois, s'élève une mince fumée bleue qu'elles n'ont jamais vue avant.

— Qui est-ce donc?

— Y aurait-il une cheminée à Plumebois?

— Depuis quand?

— D'où sort-elle?

— Allons voir!

Et les cheminées qui, en plus d'être bavardes sont très, très curieuses, étirent leurs fumées bleues, blanches, grises.

Excitées par l'idée de découvrir peut-être un secret à Plumebois, elles s'étirent, s'étirent, mais n'arrivent pas à rattraper la fine fumée bleue.

— Aidez-nous, les étoiles! demandent-elles.

Mais les étoiles ne savent pas comment.

— Aidez-nous, Monsieur le Vent! demandent-elles.

Monsieur le Vent veut bien, pour cette nuit de Noël, leur donner une petite poussée. Mais ce n'est pas assez, et déjà la fine fumée bleue de Plumebois a disparu.

Les cheminées de Plumetis sont fort déçues.

Toutefois, en plus d'être bavardes et curieuses, elles sont aussi très étourdies. Si bien qu'elles oublient vite leur tentative et reprennent leurs bavardages.

Ouf! Le secret de Plumebois n'a pas été découvert.

Chapitre 5: Un secret bien gardé

Les lièvres qui, comme chacun sait, ne sont pas très patients, ont abandonné leur guet. Ils s'amusent avec raton laveur à essayer les grosses mitaines et la tuque du Père Noël.

Les écureuils ont bien du mal à se retenir d'aller croquer des noisettes sur le sapin-calendrier.

Pendant que dort le Père Noël, son fidèle caribou se promène à travers les arbres comme il n'y en a pas dans son pays.

— Mon cousin, dit-il au cerf, viens me dire le nom de tes grands arbres.

Et Cerf lui présente les érables, les frênes, les chênes.

— Chez moi, je mange des lichens, dit le caribou, et toi?

— Des lichens, qu'est-ce que c'est que ça? demande le cerf.

La chouette, postée en haut du chêne fait soudain Hou-hou-hou-hou. Attention, attention, voici quelqu'un!

Quel affolement! Tous les animaux se précipitent vers le traîneau. Ils hissent le gros sac vide hors du traîneau et le tirent sur le Père Noël pour le cacher.

Le caribou et le cerf oublient vite leur conversation et arrivent en courant.

Un oiseau blanc vient se poser sans bruit sur le panache du caribou.

Aussitôt Caribou rassure tout le monde:

— C'est Bruant, dit-il.

Mais "Bruant", ça ne veut rien dire aux habitants de Plumebois.

Ce n'était pas des pas que la chouette avait entendus, mais le bruit de deux ailes dans la nuit.

— Comme tu nous as fait peur, Bruant! dit Caribou.

Bruant, c'est un petit oiseau tout blanc: Bruant des neiges est son vrai nom. Bruant des neiges accompagne toujours le Père Noël dans ses voyages. C'est lui qui détermine les trajets et qui sait quel chemin éviter s'il y a une tempête, quelle forêt traverser . . .

Les animaux de Plumebois, revenus de leur frayeur, le saluent gentiment.

Bruant avait quitté le Père Noël à l'orée de Plumebois, le sachant en sécurité, pour aller inspecter la route de la grande forêt.

— Il est l'heure de repartir, dit-il au Père Noël qui s'éveille.

Chapitre 6: Adieu, Père Noël!

Les petits lièvres sanglotent si fort qu'ils n'ont rien entendu.

— Père Noël ne viendra plus jamais, bou-hou, hou.

— Le secret est découvert, ou-ou.

— Oh! oooooh.

Mais ils sèchent vite leurs larmes en voyant le Père Noël éclater de rire en les regardant. Si tu les voyais, toi aussi tu rirais!

L'un a la tuque du Père Noël enfoncée sur les oreilles; l'autre a mis les grosses mitaines dans ses pattes de derrière, et le troisième a sa longue écharpe rouge enroulée autour du cou.

— Ne pleurez pas, petits lièvres.

Bruant est mon ami. Il n'est pas un étranger.

— Ah! soupirent les petits lièvres en remettant la tuque, les mitaines et l'écharpe au Père Noël.

C'est donc l'heure du départ.

Caribou reprend sa place devant le traîneau que Père Noël attache solidement au harnais.

— Au revoir mon ami Cerf, dit Caribou. À l'an prochain.

— À l'an prochain répond Cerf, tout heureux de s'être fait un nouvel ami.

Père Noël, bien reposé et souriant, monte dans son traîneau blanc. Il salue tous les habitants de Plumebois et leur dit:

— Prenez bien soin de votre calendrier et surveillez les gourmands.

Tous promettent de respecter les règles et de ne manger qu'une "boule" par jour, même les gourmands.

— Bon voyage, disent tous les animaux.

Bruant ouvre la marche.

La clochette tinte doucement tandis que le traîneau s'éloigne. Et le jour se lève sur Plumebois.

La neige qui tombe recouvrira bientôt toutes les traces du traîneau.

Tous les animaux soupirent de contentement.

Quelle belle nuit de Noël!

NICOLAS ET LES GLAÇONS

Le 6 décembre c'est la fête de saint Nicolas. Ce jour-là, on fête tous les Nicolas et toutes les Nicole. Dans certains pays, c'est ce jour-là que les enfants reçoivent leurs étrennes.

Chapitre 1 : Le désordre

— Maman, crie Nicolas. Viens vite!

En s'éveillant, Nicolas a vu dans l'arbre devant sa fenêtre un gros glaçon brillant.

En regardant de plus près, il a vu toute une série de petits glaçons pendus à la branche, tout autour du gros glaçon.

"Je suis sûr qu'ils n'y étaient pas hier. D'où viennent-ils donc?" se demande Nicolas.

— Maman, maman.

Maman arrive et se penche vers la fenêtre.

— Il est beau ton glaçon, dit-elle. Tu n'en as pas peur au moins.

Nicolas ne sait trop. Il n'a rien à répondre.

— Mais d'où vient-il, Maman?

— Du pays des Grands Froids, sans doute, répond Maman en souriant.

Maman se retourne et regarde Nicolas dans son lit. Son sourire s'en va tout à coup.

Nicolas, inquiet lui dit:

— Pourquoi me regardes-tu comme cela? Qu'est-ce qu'il y a?

Maman pousse un gros soupir.

— Nicolas, as-tu regardé ta chambre?

— Non, dit Nicolas.

— Quel désordre! dit Maman d'un ton très triste.

Nicolas regarde autour de lui. Il voit tous les tiroirs de la commode ouverts; il voit des chaussettes, des chemises pendues à la lampe, au radiateur; il voit des chaussures éparpillées sur le plancher à travers les livres, les cahiers, les crayons. Sous le lit, il y a des billes, un yoyo, des papiers. La jolie plante verte va bientôt mourir sans eau.

— Je ne vois pas ce qu'il y a d'extraordinaire, dit Nicolas.

— Avant la Saint-Nicolas, veux-tu me promettre, dit Maman en contenant sa voix pour l'empêcher de se fâcher, de ranger ta chambre?

Nicolas promet . . . pour plus tard.

— Ce matin, je n'ai pas le temps! Mais c'est promis, dit-il gentiment en sautant du lit et en embrassant très fort sa maman qui reprend son sourire.

Nicolas s'habille en hâte.

C'est Trébuche, le chat jaune, qui reçoit le pyjama sur la tête.

"En voilà une façon de ranger! " pense Trébuche.

Il fait froid dehors. Nicolas regarde les glaçons qui brillent. Trébuche, grimpé sur le radiateur, examine aussi les glaçons.

"Qui sont-ils ceux-là? " pense-t-il.

Avant de partir, Nicolas ouvre la fenêtre et jette une poignée de croûtons pour les moineaux. Brr! il fait très froid.

— Trébuche, sois sage! N'agace pas trop les moineaux, dit-il en partant pour l'école.

Chapitre 2: Trébuche

Moi, Trébuche, j'aime bien la chambre de Nicolas. C'est vrai que tout y est à l'envers en ce moment. Mais moi, j'adore me coucher sur des vêtements empilés. Ça fait doux et chaud.

Mais ce que j'aime le plus c'est de surveiller les moineaux. Il fait un peu froid pour les attraper aujourd'hui.

(Trébuche n'attrape jamais de moineaux, car il est très paresseux).

L'autre jour, j'ai mis ma patte dehors sur le bord de la fenêtre. Je me suis caché derrière le rideau. J'ai attendu.

Les moineaux sont venus. Quand ils ont été tout près de ma patte, j'ai sorti mes griffes et je me suis montré derrière la vitre en faisant d'énormes yeux. Ils ont eu une peur épouvantable. Ils se sont envolés à l'autre bout du chemin.

Mais depuis hier, il y a le gros glaçon.

Il est très gros, très pointu.

Il m'a vu, quand je faisais peur aux moineaux.

Je l'ai entendu dire à ses compagnons: "Ce chat joue de vilains tours. Méfiez-vous de lui."

Les autres glaçons m'ont tous regardé et se sont mis à cliqueter.

Je n'étais pas très rassuré.

La fenêtre est ouverte, si j'essayais de les casser et de les jeter dehors dans la neige.

Et voici Trébuche qui se glisse sur le bord de la fenêtre.

Les moineaux sont perchés dans les branches. Ils se doutent de l'attaque.

– Pi, pi, les glaçons, attention au chat! chantent-ils.

Les glaçons qui se balançaient gaiement cessent de bouger et au moment où Trébuche s'attaque à Gros Glaçon, tous dirigent leurs pointes sur lui.

Trébuche se sent piqué de mille aiguilles glacées; il perd pied et tombe en hurlant dans la neige au pied de l'arbre.

Les glaçons et les moineaux rient ensemble de sa déconfiture.

Maman est fort surprise d'entendre gratter et miauler à la porte.

Trébuche rentre tête basse. Lui qui n'aime pas le froid! Il est bien servi par une petite roulade dans la neige.

Lorsqu'il retourne dans la chambre de Nicolas, il prend garde de remettre les pattes à la fenêtre.

C'est assez pour aujourd'hui.

Trébuche se blottit dans le fauteuil de Nicolas, tout encombré de vêtements, et y reste tout l'après-midi. De temps en temps, il jette un coup d'oeil rageur aux glaçons qui dehors, dans le froid, font bon ménage avec les moineaux.

Chapitre 3: Une visite

Quel froid! Quel froid! dit tout le monde à Plumetis.

Justement les glaçons sont contents, contents. Il n'y a pas de plus beau temps pour les glaçons qu'un froid sec et dur.

— Nous les glaçons, nous sommes contents. Nous nous allongeons un peu, à chaque faible rayon du soleil d'hiver.

Dans l'arbre, près de la maison de Nicolas, les glaçons sont enchantés.

— Comme nous avons trouvé un bon logis!

— Nous sommes si bien ici sur ces branches.

— Nous avons des amis: des gentils moineaux, un garçon qui s'appelle Nicolas.

— Le vent d'hiver aura du mal à nous déloger d'ici.

— Par la fenêtre, nous voyons dans la chambre.

— Il y a le chat Trébuche, mais il ne nous fait pas peur!

— Hier, il a voulu casser Gros Glaçon, mais nous l'avons bien défendu. Trébuche est tombé dans la neige.

Aujourd'hui, Gros Glaçon propose de faire la paix avec Trébuche.

— Nous sommes d'accord, disent les glaçons.

Gros Glaçon se balance sur la branche jusqu'à toucher la vitre. Toc, toc, toc.

Trébuche vient voir croyant trouver un moineau qui picore des croûtons. Il est surpris de voir Gros Glaçon. Il reste là, sur le radiateur à regarder Gros Glaçon et les petits glaçons qui sourient.

— Trébuche, nous voulons devenir tes amis, disent-ils.

— Oui, oui, oui, crient les petits glaçons tous en choeur.

— Nous n'allons plus te réveiller en frappant à la vitre.

— Mais n'essaie plus de nous faire tomber de la branche. Nous sommes si heureux d'être ici et de regarder par la fenêtre.

Trébuche est très étonné d'entendre ces mots.

Il ne sait que répondre.

— Si tu voulais nous laisser entrer dans la chambre de Nicolas. Ça nous plairait de visiter une chambre; nous n'en avons encore jamais vu! dit Gros Glaçon.

— Oui, oui, oui, crient les petits glaçons.

Trébuche tout à coup se sent important. On lui demande une permission comme si c'était lui le gardien de la chambre de Nicolas!

Trébuche se redresse, bombe sa poitrine, pointe ses oreilles.

— Je veux bien vous laisser entrer un instant, mais prenez bien garde de déranger quelque chose et de laisser des traces, répond Trébuche.

— Merci, merci, disent les glaçons.

Et se détachant de la branche, ils entrent sans bruit par la fenêtre ouverte.

Ils regardent partout, admirent les objets, les livres, la chaise, le lit, qu'ils voient pour la première fois.

— C'est toujours comme ça une chambre de garçon? demande un petit glaçon.

— Oui, répond savamment Trébuche, sûr de sa réponse.

À la porte, on entend soudain du bruit.

— Vite, retirez-vous, crie Trébuche. Voilà la maman de Nicolas.

Les glaçons qui commençaient d'ailleurs à avoir un peu chaud et à dégoutter partout, se précipitent à la fenêtre et sortent à toute vitesse par l'ouverture.

Maman ouvre la porte. La chambre

est toujours dans le même état de désordre.

— Il fait bien froid ici, remarque-t-elle. Tu n'as pas froid Trébuche? dit-elle au chat qui fait semblant de dormir sur le radiateur.

Bam! Maman ferme la fenêtre.

Trébuche a eu peur, mais la maman de Nicolas ne s'est aperçue de rien. Elle jette un dernier coup d'oeil désolé et referme la porte. La maman repartie, Trébuche entend pleurer dans la chambre. Il remarque tout à coup un petit glaçon qui n'a pu sortir à temps et qui est tombé sous le lit.

Il commence à fondre.

La fenêtre est bien fermée. Trébuche ne réussit pas à l'ouvrir.

— Petit Glaçon, tu devras rester ici.

Petit Glaçon pleure.

Trébuche a soudain une bonne idée. Entre ses pattes, il prend Petit Glaçon et le transporte dans le pot où achève de se faner une pauvre plante verte que Nicolas a oublié d'arroser.

Trébuche dit à Petit Glaçon:

— Tu vas arroser la plante qui a tellement besoin d'eau, ce sera très gentil.

Petit Glaçon veut bien.

Trébuche est fier de lui. Il a l'impression d'avoir fait une bien bonne action.

Les moineaux qui ont tout vu du dehors, n'en reviennent pas.

Trébuche les regarde et leur sourit

(c'est très difficile à faire pour un chat!). Puis, il va se blottir en rond au pied du lit.

Ah! la bonne journée!

Chapitre 4: Silence! on range

En rentrant de l'école avec ses copains, Nicolas s'amuse à décrocher des glaçons qui pendent aux toits des hangars et aux galeries.

Les enfants, habillés chaudement, sont très heureux par ces jours de grand froid. Les glissoires gèlent et ça glisse à merveille.

Armés de glaçons, ils font des batailles comme de vrais chevaliers, mais les épées sont fragiles. Elles se fracassent avec des bruits clairs, ting, ting, et retombent dans la neige.

Nicolas pense au gros glaçon qui pend près de sa fenêtre.

— Venez voir mes glaçons! dit-il à ses amis. Il y en a un long, long, long.

Toute la petite troupe se rend au pied de l'arbre.

Les glaçons sont là qui se balancent à la branche. Mais ils sont trop hauts pour qu'on les attrape.

Au bout de quelque temps, Nicolas salue ses amis et rentre à la maison. Il n'a pas oublié sa promesse.

À l'école aujourd'hui, on a lu l'histoire du grand saint Nicolas. Et Nicolas s'est souvenu qu'il a promis de ranger sa chambre avant demain.

Ce soir, au lieu d'aller à la patinoire, il va faire un grand ménage. Ce sera magnifique!

À la porte de sa chambre, Nicolas a mis un carton: Défense d'entrer.

Le voilà qui s'affaire.

Pendant une bonne heure, il replie les chemises, aligne les chaussures, suspend les pantalons, referme les tiroirs.

Puis, Nicolas s'attaque aux étagères. Il remet les livres en place, les objets. Sur la table, il fait place nette. Ce faisant, il retrouve une foule de choses qu'il avait perdues.

— Ah! ils sont là les ciseaux.

— Mon livre sur les dinosaures! s'exclame-t-il, en soulevant le couvre-lit qui traînait par terre.

Trébuche observe tout ce branle-bas. Décidément, songe-t-il, c'est une journée pas comme les autres, aujourd'hui.

Nicolas a bientôt fini. Sa chambre est en parfait ordre. Nicolas est très satisfait de lui.

Mais il y a une chose qu'il ne comprend pas. Sa plante verte qui mourait de soif ce matin, est redevenue toute vigoureuse et pleine de vie. Qui donc l'a arrosée?

Trébuche rit dans son coin en voyant la mine étonnée de Nicolas, avec son arrosoir inutile à la main.

Il est tard. Nicolas sort de sa chambre pour aller dire bonsoir à ses parents, mais il referme soigneusement la porte.

De retour dans son lit, il regarde par la fenêtre les glaçons qui brillent.

"J'ai bien fait de ne pas les casser, se dit-il, c'est bien plus joli ainsi."

Et Nicolas s'endort tout heureux dans son petit coeur.

Demain . . . ce sera la Saint-Nicolas.
La fête de tous les Nicolas.

Nicolas sait bien que demain, il y
aura un gâteau au chocolat et comme à
chaque année, on lui chantera:

C'est ce mois
C'est ce jour
Nous y voilà!
C'est la fête
Des Nicolas.

Il y en a
Un chez nous:
Un Nicolas
Et il est
En chocolat!

Chapitre 5: Encore le désordre

Tout dort dans la maison.
Dans la chambre de Nicolas,
on entend: toc, toc, toc.
Nicolas s'éveille en sursaut.

Il a très peur.
Qui frappe ainsi?
Toc, toc, toc.

Trébuche le sait lui, mais il fait semblant de dormir.

Nicolas, se faisant brave, s'approche doucement de la fenêtre. Il fait très noir dehors.

Le bruit s'est arrêté. On n'entend que le vent qui siffle.

Toc, toc, toc.

Cette fois, Nicolas a vu d'où vient le bruit.

C'est Gros Glaçon qui frappe à la vitre.

Par la fenêtre entrouverte, Nicolas entend une voix qui dit:

— Attention à vous les glaçons, je vais vous faire sauter! Ha! ha! ha!

Gros Glaçon crie à Nicolas:

— Nicolas, ouvre-nous ta fenêtre vite. Le vent nous poursuit. Vite. Nous ne pouvons plus tenir sur la branche.

Le vent d'hiver, en effet, siffle tout près.

C'est son plaisir à lui de faire danser et cliqueter les glaçons.

Il n'a pas envie de s'arrêter, alors qu'il vient de trouver sur son chemin cette guirlande de beaux glaçons brillants.

Malgré la nuit, Nicolas voit les pauvres glaçons briller et s'agiter en tous sens.

Nicolas ouvre sa fenêtre.

— Ouvre plus grand, crient les glaçons.

Ce que fait Nicolas.

Aussitôt les glaçons se précipitent dans la chambre, Gros Glaçon en tête.

Mais le vent suit de près et, avant que Nicolas ne referme la fenêtre, il s'engouffre à son tour dans la chambre.

Nicolas rit de voir les glaçons se mettre à danser et à voler dans sa chambre.

Mais bientôt, il commence à s'inquiéter. Le vent souffle très fort et dérange tout dans sa chambre si ordonnée.

La lampe se renverse, l'oreiller s'envole.

— Aide-nous à chasser le vent, crient les glaçons qui ne peuvent plus s'arrêter de tournoyer.

— Ouvre ta fenêtre, il faut que le vent sorte, crie Gros Glaçon qui vole au plafond.

Nicolas s'en va à la fenêtre, mais le vent le prend en chasse, lui aussi, et le voilà dans les airs avec les glaçons, les couvertures.

— Hou-ou-ou, fait le vent en ricanant.

Avec tout ce bruit, Trébuche finit par se remuer. Il se demande quoi faire pour aider Nicolas. Il ne comprend rien à ce qui se passe. Il n'a pas le temps d'y penser longtemps, car le vent l'attrape lui aussi.

La farandole reprend de plus belle.

Le vent ouvre tous les tiroirs. Les vêtements, les livres, tout se promène dans les airs. Tout se mélange, tout s'agite; la chambre de Nicolas est un vrai tourbillon.

— Hou-ou-ou, fait le vent d'hiver.

Nicolas réussit enfin à entrouvrir la fenêtre.

Trébuche, lui, même s'il vole au-dessus de la commode, a sorti ses griffes, a fait son gros dos et a montré ses dents en faisant un grognement effrayant.

Cette fois, le vent a très peur. Il s'enfuit par la fenêtre.

Les glaçons arrêtent leur danse. Nicolas retombe sur son lit, Trébuche sur ses pattes.

— Trébuche, tu nous a sauvés, disent les glaçons.

— Vite, il nous faut retourner sur la branche. Au revoir Nicolas, Merci Trébuche.

Ouf! quel exercice! Nicolas retourne dans son lit.

Nicolas réalise soudain que sa chambre est dans un état épouvantable. Trébuche, lui, trouve cela très bien. Il retourne se coucher sur un tas de vêtements.

Quel désordre!

— C'est cent fois pire que mon désordre à moi, dit Nicolas, les larmes aux yeux.

Si Maman arrive, elle croira sûrement
que je n'ai rien rangé comme j'avais
promis.

Et justement, la porte s'ouvre doucement . . .

Chapitre 6: La Saint-Nicolas

C'est ce mois
C'est ce jour
Nous y voilà!
C'est la fête
Des Nicolas.

Nicolas entend "sa" chanson et ouvre les yeux.

Maman et Papa sont là, au pied de son lit.

— Bonjour Nicolas en chocolat, lui disent-ils en souriant.

Nicolas ouvre ses yeux grands, grands, grands.

Sa chambre!

— Merci Nicolas d'avoir fait un beau ménage, dit Maman.

— Je suis heureux de voir que tu es un homme de parole, dit Papa. C'est bien de tenir ses promesses.

Nicolas regarde autour de lui.

Sa chambre est impeccable. Tout y est en place.

— Qu'est-ce que tu as donc, dit Maman. Tu as l'air bien surpris.

— Je crois que j'ai fait un rêve, dit Nicolas.

Trébuche aussi a dû rêver, car il saute sur le radiateur et se met à miauler.

Les glaçons! dit Nicolas en sautant hors du lit.

— Où sont-ils? demande-t-il.

— Où sont qui? demande Maman.

— Les glaçons de l'arbre. Ils sont partis, dit Nicolas d'une voix tremblante.

— Je pense qu'ils ont dû fondre cette nuit, répond Maman. Il fait très doux. Le froid est parti aussi. Il va sûrement neiger.

— Ah! fait Nicolas, mais il demeure rêveur et il n'a pas l'air très satisfait de l'explication.

— Ca existe, Maman, le pays des Grands Froids? demande Nicolas.

— C'est possible, Nicolas.

"Il doit y avoir plein de glaçons", pense Nicolas.

— Allons, habille-toi maintenant, dit Maman.

Ce soir, fête de saint Nicolas, Nicolas

a mangé un gros morceau de son gâteau préféré: un gâteau au chocolat.

Les moineaux aussi ont eu droit au festin: des miettes de gâteau au lieu de leurs croûtons habituels.

Trébuche a fait la paix ... pour aujourd'hui. Il ne les agace plus ni ne leur fait peur.

Pendant que Nicolas fredonne sa chanson, il se roule en boule et essaye de refaire son beau rêve où il chassait le vent.

C'est ce mois
C'est ce jour
Nous y voilà!
C'est la fête
Des Nicolas.

Il y en a
Un chez nous;
Un Nicolas
Et il est
En chocolat!
Vive les Nicolas!

SORS-TU, PERCE-NEIGE?

Depuis de longs mois la neige est tombée en gros flocons.

Tout le sol, à Plumebois, est recouvert d'un épais tapis blanc.

Chacun se repose. C'est l'hiver.

Perce-Neige s'est construit une maison bien confortable sous la terre. Elle saura — juste quand il faut — donner le signal du printemps.

En attendant, calée dans son fauteuil, Perce-Neige lit de belles histoires.

Sous la terre aussi, la mouffette dort dans son terrier. Le suisse grignote ses réserves. La marmotte ronfle. La taupe s'est arrêtée de creuser à cause de la terre gelée.

Au-dessus d'eux, dans la neige, les écureuils, les mésanges, le lièvre et les gros-becs s'ennuient. Ils ont épuisé leurs provisions. Ils ont joué à tous les jeux, essayé toutes les glissoires. Leurs amis, cachés sous la terre, ne viennent plus les voir.

Que c'est long l'hiver!

Les écureuils, le lièvre, les mésanges et les gros-becs appellent le soleil.

— Allons, Soleil, chauffe plus fort!

— Fais fondre la neige.

— Nous avons assez glissé!

— Nous voulons le printemps!

Le soleil aussi s'ennuie. Les jours sont courts et tristes.

Pourtant, il sait bien qu'il ne saura pas faire le printemps à lui tout seul.

— Mais si j'essayais! se dit-il.

Il rassemble toute son énergie et se met à briller fort, fort.

La neige commence à fondre. Les glaçons disparaissent. L'air se radoucit.

Les écureuils sont fous de joie. Ils rangent leurs vêtements d'hiver.

— Le printemps est là!

— Youpi! Les bourgeons vont éclater!

Les mésanges et les gros-becs chantent leur plaisir.

Le lièvre arrive en bondissant. Il a mis son beau costume d'hiver, tout blanc.

— Change d'habit, lui dit gros-bec. Tu ne vois pas que c'est le printemps?

Le lièvre est interloqué.

— Déjà! Mon pelage vient tout juste de virer au blanc. Il faut le changer?

— C'est la vie!

Avec tout ce va-et-vient sur terre, la mouffette s'est éveillée.

— Qu'est-ce donc que tout ce bruit?

Elle sort de son trou et va voir dehors.

— Oh! que le soleil est chaud. Est-ce le printemps? demande-t-elle.

— Bien sûr, lui répondent les écureuils.

Mouffette retourne sous terre frapper chez Perce-Neige.

Toc. Toc. Toc.

— Perce-Neige! Perce-Neige! viens vite.

— Retourne te coucher, Mouffette, lui dit Perce-Neige.

— Écoute-moi. Je crois que le printemps est arrivé, dit Mouffette.

— Je ne sors pas, dit Perce-Neige.

Haussant les épaules, Mouffette s'en va se dorer au soleil.

La neige continue de fondre. L'eau qui ruisselle entre dans la maison de la taupe et l'éveille.

— Voyons! Est-ce le dégel?

La taupe creuse un long tunnel jusque chez Perce-Neige.

Toc. Toc. Toc.

— Perce-Neige. C'est le printemps. J'ai creusé mon tunnel jusqu'ici. Il faut sortir!

— Non, répond Perce-Neige. C'est le soleil qui joue des tours. Je ne sors pas.

— Tant pis pour toi. Moi, je sors.

La taupe s'en va. Perce-Neige retourne à ses histoires.

Le petit suisse aussi sort de chez lui.

— Hum! Il fait chaud!

Lui aussi court chez Perce-Neige.

Toc. Toc. Toc.

— Perce-Neige! Sors vite de la terre. Il est temps! dit le petit suisse.

— Qu'en sais-tu, petit suisse? dit Perce-Neige.

— Tout le monde t'attend.

— Eh bien! qu'ils attendent! dit Perce-neige. Je ne sors pas.

Enfin la marmotte s'éveille.

— Qu'y a-t-il? Qu'y a-t-il?

La marmotte sort, hume l'air, examine les rayons du soleil.

— C'est le printemps, dit-elle.

Elle s'en va frapper chez Perce-Neige.

Toc. Toc. Toc.

— Perce-Neige! Que fais-tu donc?

— Je lis, répond tranquillement Perce-Neige.

— Mais il faut sortir. Bientôt tu n'auras plus de neige à percer.

— Tu crois? demande Perce-Neige d'un air amusé.

— Je t'assure, dit la marmotte.

— Eh bien, non! je ne sors pas.

— Que tu es têtue. Nous aurons le printemps sans toi. Moi, je sors.

La marmotte lui tourne le dos et s'en va.

Le petit monde de Plumebois s'amuse. La mouffette, le suisse, la marmotte sont sortis de leurs maisons sous la terre. Même la taupe est venue faire un petit tour.

Dans les arbres les mésanges, les gros-becs et les écureuils s'en donnent à coeur joie.

Mais Perce-Neige ne sort pas.

Elle est vraiment très têtue.

Le hibou, si sage, lui a fait dire qu'elle exagérait.

Le soleil brille et luit comme jamais.

Tout le monde se réjouit du temps doux.

Pourtant, chacun au fond de son coeur a une petite inquiétude. Un petit quelque chose qui gâche le plaisir.

Chacun pense: ''Pourquoi Perce-Neige ne sort-elle pas? ''

Puis, tout à coup, dans le ciel arrive

un nuage blanc qui couvre le soleil tout à fait.

Le vent s'élève et le froid revient.

— Vite, rentrons! crient les animaux.

Voici la neige qui tombe. L'hiver reprend ses droits.

Les écureuils ressortent leurs vêtements d'hiver; les gros-becs se pelotonnent à l'abri comme les mésanges. Chacun court chez soi.

La neige tourbillonne. Le froid se fait vif.

Heureusement le lièvre avait gardé son costume d'hiver.

Perce-Neige, dans sa maison, continue à lire ses histoires. Elle entend ses amis rentrer chez eux sous la terre.

Ah! ils se sont bien fait attraper!

Après de longues semaines, le soleil revient. Lui non plus n'est pas trop fier de son aventure.

Timidement il étale ses rayons. Puis il se met à briller très fort. Et cette fois c'est pour vrai!

Perce-Neige sortira-t-elle? se demandent les habitants de Plumebois, de nouveau alertés.

On est prudent ce matin! On risque une patte, un nez!

Dans la neige un bouton vert apparaît. Une tige verte s'allonge. Des pétales blancs s'ouvrent lentement au soleil.

Cette fois ça y est! C'est le signal!

En un clin d'oeil tout le monde est là autour de Perce-Neige.

— Ma foi! elle est sortie! s'exclame le hibou.

Chacun oublie la fausse joie du mois dernier et savoure le vrai printemps enfin arrivé.

VIVE PERCE-NEIGE!

VIVE LE PRINTEMPS!

TABLE DES MATIÈRES

ACHEVÉ   D'IMPRIMER
EN   MARS   1979
SUR LES PRESSES DE
PAYETTE & SIMMS INC.
À SAINT-LAMBERT, P.Q.